# Die Alberthöhe - eine Trilogie

I0517419

## Die Alberthöhe

*Februar 1983*

Als Franz den Teich in den ersten Strahlen der Frühlingssonne glitzern sah, wusste er, dass es Zeit war, die Erlebnisse seiner Jugendtage niederzuschreiben. Gleich heute Abend würde er beginnen. Nur dafür hatte er im Gasthof seiner ehemaligen Heimat ein Zimmer gebucht.

Franz war ein genauer Mensch. Er hatte kein Detail vergessen. Er musste die Bilder nur abrufen. Schleppenden Schrittes ging Franz nun durch das kleine Wäldchen neben dem Gasthof hin zum Teich. Mit gesenktem Blick sah er auf das Gewässer. Er fand es immer wieder erstaunlich, dass sich die Natur nicht wandelte, während die Menschen zahlreiche Irrwege beschritten. Die einen lernten daraus und die anderen begingen die gleichen Fehler wieder und wieder, wie Getriebene des Schicksals im Rad der Zeit.

Das Wasser im Teich veränderte nun seine Farbe. In das durchsichtige

Glitzern mischten sich Farbtöne: Braun, grau, gelb und weiß. Die Farben vereinten sich zu einem Bild: dem alten Gasthof. Jeden Tag hatte damals reges Treiben geherrscht. Die Händler fuhren mit ihren Pferdefuhrwerken vor, um Möhren, Kartoffeln und Kohlköpfe an das Gasthaus zu verkaufen. Der kleine Franz liebte die Händler, denn sie brachten ihm stets etwas mit: Zinnfiguren, geschnitzte Tiere und Murmeln. Sogar einen richtigen Lederball hatte er geschenkt bekommen. Wenn die Besucher des Wirtshauses ihre Kinder mitbrachten, kam oft eine kleine Fußballmannschaft zusammen, die emsig gegen den ledernen Ball trat. Vier Wäschestangen dienten als Tore. Am liebsten aber spielte Franz mit Peter. Peters Eltern besaßen einen kleinen Bauernhof ganz in der Nähe des Gasthauses. Sie hielten einen ganzen Stall von Hühnern. Außerdem hatten sie zwei Kühe und zwanzig Schweine. Heinz half oft im Stall aus. Dafür bekam er von Peters

Eltern selbst gebackenen Kartoffelkuchen.

Franz blickte auf. Das Grün der Bäume hatte eine beruhigende Wirkung auf ihn. Der Teich verlor nun seine Farben. Franz dachte an die große Entfernung, die ihn heute von seiner Heimat trennte. Hatte er die Heimat je vermisst? Nein, sein Leben hat ihm keine Zeit zum Vermissen gelassen. Franz war immer ein Mensch der Tat gewesen. Zum Sinnieren, Bedauern und Bereuen hatte er keine Zeit. Er fühlte sich, als wäre er mit dem Schnellzug durch sein Leben gerast. Bis jetzt, als er die Notbremse zog.

Franz blickte wieder in den Teich, indem sich nun kleine Farbpunkte zu Peters Gesicht zusammenfügten. Er erkannte die sanften blauen Augen des Jungen, dem einige sandfarbene Haarsträhnen ins Gesicht fielen. Nun vernahm er Peters Worte:

„Hier ist es langweilig. Zu zweit Fußball spielen macht keinen richtigen Spaß."

Es war ein Tag, an dem nur wenige Gäste das Wirtshaus aufsuchten. So hatten die beiden Jungen keine Mitspieler gefunden.

„Dann lass uns am Teich spielen."

„Oh ja, dann mal los."

Die beiden Jungen rannten den Waldweg hinunter zum Teich. Sie frönten ihrem Lieblingsspiel: Die Mississippi-Expedition. Dafür hatten sie sich ein kleines Floß aus zwei Zinkbadewannen gebaut, dass sie mit Wäschestangen über den Teich bewegten. Fast immer waren sie dabei auf der Flucht vor einem imaginären Feind. Sie mussten immer schneller werden, um ans andere Ufer zu gelangen, denn sie wollten schließlich die ersten sein, die den Fluss überquert hatten und neues Land entdeckten.

Als sie dem Ufer immer näher kamen, rief Peter:

„Schau mal, da liegt ein glänzender Gegenstand. Was ist das?"

„Das finden wir raus. Volle Kraft voraus!"

Am Ufer angekommen sprangen sie vom Floß. Franz hielt den Gegenstand zuerst in den Händen, eine winzige Schatztruhe mit einem verschnörkelten Metallriegel. Schnell hatten sie die Truhe mit einem spitzen Stein aufgehebelt.

Peter fand ein Bündel Papier: „Briefe, das sind Briefe."

Franz zog ein Foto aus der Truhe. Es zeigte das Portrait eines blondgelockten Mädchens. Auf der Rückseite des Bildes stand das Datum: 14. Februar 1941.

„Liebesbriefe, sprach Franz. Das sind Liebesbriefe."

„Och wie langweilig", meinte Peter. „Ich dachte wir finden einen Schatz."

Da hatte Franz schon einen der Briefe herausgezogen und begann zu lesen:

*Liebe Annelie,*

*nun ist es schon drei Jahre her, als wir uns zum letzten Mal sahen. Mir scheint, als wäre seither eine Ewigkeit vergangen. Hier gleicht jeder Tag dem anderen. Alles ist durchdrungen von einem einzigen Kampf. Jeder möchte einfach nur lebend hier herauskommen. Dabei weiß ich noch nicht einmal an welchem Ort ich bin.*

*Zusammengepfercht in einem Zug war ich Wochen unterwegs. Durch das Fenster durfte ich nicht blicken, denn die Soldaten zwangen uns auf dem Boden zu hocken. Als ich den Zug mit schmerzenden Gliedern verließ, wurde ich fast ohnmächtig vom eisigen Wind. Überall Schnee, wohin das Auge auch blickte: Schnee und Eis. Ganz in der Ferne erhob sich ein Bergmassiv. In dem Moment wusste ich, dass mein Überleben von nun an von meinem Willen abhängt. Hier kann mir niemand helfen.*

*In Liebe Heinrich*

„14. Februar 1941. Das ist auch schon fast ein Jahr her", sagte Peter.

„Die Briefe haben ein Jahr hier gelegen. Komisch, dass wir sie nicht schon eher fanden."

„Doch was machen wir jetzt?", wollte Franz von Peter wissen.

„Die Geschichte klingt spannend. Vielleicht sollten wir das Mädchen suchen? Wir haben das Bild und den Namen. Das hilft uns weiter."

Gesagt, getan. Sogleich machten sich die Jungen mit der Truhe, dem Bild und den Briefen auf den Weg. Sie rannten durch das Wäldchen zum Gasthof. Zuerst fragte Franz seine Eltern, die gerade das Essen für eine Handvoll Gäste zubereiteten. Die Mutter wischte sich die Hände an der Leinenschürze ab und betrachtete die Fotografie. Dann runzelte sie die Stirn und schüttelte den Kopf:

„Nein, das Gesicht kenne ich nicht… Fritz, schau mal, kennst du das Mädchen?", fragte sie nun ihren Gatten. Auch Franz Vater schüttelte den Kopf. Doch er hatte eine Idee:

„Fragt doch mal euren Lehrer, Herrn Kaiser. Der weiß sicher, wer das Mädchen ist. Er unterrichtet seit zwanzig Jahren alle Generationen."

Schnell rannten die Jungen wieder aus dem Gasthof. Da Sonntag war, würden sie den Lehrer daheim antreffen. Das Häuschen stand im Tal, direkt an der Dorfstraße. Kurz nach dem Läuten erschien der Lehrer an der Tür. Als er die Jungen sah, schmunzelte er:

„Ihr habt wohl Sehnsucht nach der Schule?"

Franz antwortete nicht auf die ironische Frage, sondern hielt dem Lehrer direkt das Foto vor die Nase:

„Kennen Sie das Mädchen? Sie heißt Annelie."

Herr Kaiser musterte das Bild kurz. Dann nickte er erstaunt.

„Ja, das ist Annelie aus Hohndorf. Ich habe dort oft unterrichtet, weil viele Lehrer der Schule in den Krieg zogen. Vor einem Jahr hat sie die Schule plötzlich verlassen und ist mit den Eltern weggezogen. Wohin weiß ich nicht. Ich fand das plötzliche Verschwinden schade. Annelie war eine gute Schülerin. Sie hätte die Hochschule besuchen können."

Damit verlor sich die Spur. Die Jungen waren bei ihrer Suche nicht weiter gekommen. Franz nahm die Truhe mit den Briefen und den Fotos mit nach Hause. Irgendwann hatte er den Fund vergessen.

*Sommer 1946*

Franz hatte den Fund längst vergessen, bis er sie eines Tages im Gasthof sitzen sah. Blonde Haare, sanfte blaue Augen - er erkannte sie sofort: Annelie. Er hatte die Briefe aufbewahrt, im Schrank seines Zimmers. Im Laufe der Jahre hat er sie wieder und wieder gelesen. Er wusste gleichzeitig, dass kaum Hoffnung bestand, dass Heinrich zurückkehrte. Alles deutete darauf hin, dass er in eine Gefangenschaft geraten war, die er nicht überleben würde. Annelie war nicht allein in den einzigen Gasthof des Dorfes gekommen. Neben ihr saß ein junger Herr.

„Was darf ich Ihnen bringen?", fragte Franz, der seit seinem Schulabschluss im Wirtshaus seiner Eltern arbeitete.

„Einen Pfefferminztee", sagte Annelie und blickte aus scheuen Augen. Ihr Begleiter bestellte ein Bier.

Als Franz die Getränke brachte, fragte er: „Wo kommen die Herrschaften her? Hatten Sie eine weite Reise?"

„Oh, danke der Nachfrage, wir kommen aus Chemnitz. Wir trafen uns im Zug. Die junge Dame möchte ihre Großeltern besuchen und ich suche meinen alten Schulfreund. Ich bin Georg." Daraufhin reichte er Franz die Hand. Franz schlug ein und ergriff die Gelegenheit, sich zu den Beiden zu setzen.

Was Franz nicht sehen konnte: Annelie war bereits zwei Stunden bevor sie den Gasthof betrat am Teich. Vergebens hatte sie dort nach den Briefen gesucht, welche sie vor fünf Jahren hastig versteckt hatte. Dabei hatte sie sich die Stelle doch genau eingeprägt! Doch es half nichts. Sie blieben verschwunden. Sie hatte gehofft, auf den Briefen eine Adresse über den Verbleib ihrer Jugendliebe zu finden. Doch alles war leer, als sie sich durch verrottetes Laub,

Erde und Wurzeln grub. Noch jetzt waren die Spuren der Erde unter ihren Fingernägeln zu erkennen.

Die drei jungen Leute unterhielten sich. Franz erfuhr, dass der Vater von Annelie 1940 die Einberufung für Hitlers Armee erhielt. Für Annelie und ihre Mutter ging damit der Versorger der Familie verloren. Der Vater hatte auf einem benachbarten Hof die Schweineställe ausgemistet, sowie den Hof versorgt. Das kleine Stück Land der Großeltern konnte keine vier Menschen ernähren. Und so blieb Annelies Mutter keine andere Wahl, als mit ihrer Tochter in die Stadt zu gehen. Viele Textilfabriken waren auf Rüstungsindustrie umgestellt worden. Weil alle Männer im Krieg waren, wurden dringend Mitarbeiter gesucht. Annelie besuchte fortan in Chemnitz die Schule und machte dort ihren Volksschulabschluss. Danach arbeitete sie auch in der Rüstungsfabrik. Annelie und ihre Mutter wohnten im Norden der Stadt. Dass sie nicht ausgebombt wurden, war einfach nur Glück.

Dennoch stieg die Armut nach dem Ende des Krieges. Wochen- und monatelang zogen die Menschen durch die zerstörten Straßen, um in den Trümmern nach Nützlichem zu suchen. Glücklich schätzte sich derjenige, der Konserven mit Lebensmitteln fand. Diese wurden dann teilweise gegen andere Dinge wie Stühle, Bettdecken, Kissen oder Geschirr getauscht. Es fehlte einfach an Allem.

Annelie erzählte, dass sie für immer nach Hohndorf zurückkehren wollte, um hier als Lehrerin zu arbeiten. Ihre ehemalige Schule suchte dringend Personal, jetzt wo alles wieder in eine Ordnung überging.

In diesem Augenblick traf Franz eine Entscheidung. Er würde Annelie nichts von seinem Fund erzählen. Er wollte ihre Erinnerungen nicht wach halten, denn er hatte einen Plan: Er wollte Annelie heiraten.

Nach einigen Wochen zog Annelie wieder in das Dorf zu ihren Großeltern, um in der Schule zu arbeiten. Annelies

Mutter blieb in der Stadt, denn ihr Mann war nicht aus dem Krieg zurückgekehrt.

Fortan bemühte sich Franz um Annelie – sehr zum Leidwesen ihres Begleiters Georg, der auch ein Auge auf die junge Frau geworfen hatte, seit er sie zum ersten Mal im Zug gesehen hatte. Annelie entschied sich schließlich für Franz.

Die beiden heirateten 1948 und gingen in den Westteil Deutschlands. Franz arbeitete in der Kantine eines aufstrebenden Industriebetriebes, während Annelie als Grundschullehrerin tätig war. Bald bekamen sie zwei Kinder: Silvia und Frank.

Die Jahre vergingen ohne besondere Vorfälle. Doch eines Nachts, als Franz von der Arbeit in der Kantine heimkehrte, fand er Annelie tränenüberströmt auf dem Sofa sitzen. Er erstarrte vor Schreck, als er die Briefe in ihrem Schoß liegen sah. Plötzlich stürzten zwanzig Jahre über ihm zusammen. Zwanzig Jahre, in denen er die Briefe versteckt gehalten hatte. Annelie fand die Briefe, als sie auf dem Dachboden nach ihrem Bauernhof aus der Kindheit gesucht hatte, um ihn Silvia und Frank zu schenken. Bei dieser Gelegenheit hatte sie nachgesehen, was sich im Laufe der Zeit für Gerümpel angesammelt hatte. Da stieß sie auf die kleine Schatztruhe, ihre Schatztruhe mit den Briefen ihrer Jugendliebe. Annelie fühlte sich verraten von dem Mann mit dem sie seit zwanzig Jahren verheiratet war.

Mit Schrecken erinnerte sich Franz, der immer noch in den Teich an der Alberthöhe starrte, an den Dialog:

„Warum hast du das getan?"

„Wwwwas???" hatte er gestottert.

„Die Briefe, die Briefe von Heinrich, meiner Jugendliebe, die Briefe, die ich nie mehr wiederfand."

„Aber Annelie, ein Schulfreund und ich fanden die Briefe im Gebüsch, direkt neben dem Teich bei der Alberthöhe…Ich konnte doch nicht wissen…."

„Du konntest nicht wissen? Ich habe sie dort versteckt... vergraben."

„Vergraben? Aber sie lagen einfach da, in der Truhe."

„Vielleicht sind die Briefe von einem Tier ausgegraben worden. Doch das ändert auch nichts daran, dass du mir die Briefe unterschlagen hast."

„Annelie, ich habe das doch nicht böse gemeint..."

Aber Annelie hörte gar nicht mehr zu, sondern sprach wie zu sich selbst:

„Jahrelang habe ich mich gefragt, was aus Heinrich geworden ist. Nie werde ich seinen letzen Brief vom 14. Februar 1941 vergessen, der mich Wochen später erreichte. Es war klar, dass Heinrich in Gefangenschaft geraten war, irgendwohin, wo es nur Schnee, Kälte und eisigen Wind gab. Tief im Inneren wusste ich, dass es vorbei war. Es war vorbei mit uns und unserer gemeinsamen Zukunft, von der wir so oft geträumt hatten. Und doch hoffte ich insgeheim, dass er überlebt hatte."

„Aber warum hast du die Briefe dann versteckt?" fragte Franz unsicher.

„Ich versteckte sie, als Mutter und ich das Dorf verließen. Ich hatte die Hoffnung, dass ich die Vergangenheit mit den Briefen vergessen würde. Deshalb vergrub ich die Briefe wie in einem Ritual. Doch es ist mir nicht gelungen. Als ich nach dem Krieg in den Ort zurückkehrte habe ich nach den Briefen gesucht – in der Hoffnung irgendwo eine Adresse über Heinrichs Verbleib zu finden. Doch der Platz, wo ich die Briefe vermutete, war leer. Nun würde ich nie erfahren, was aus Heinrich geworden ist."

Annelie stöhnte: „Aber dass ausgerechnet du die Briefe vor mir versteckt hast, hätte ich in meinem Leben nie gedacht."

Wortlos zog sich Annelie ihren Mantel über.

Franz hörte die Wohnungstür zuknallen.

Als Annelie Stunden später zurückkam, war sie verändert. Irgendetwas in ihr war gestorben. Sie verlor nie wieder ein

Wort über die Briefe. Doch von dem Zeitpunkt an war er da: der Riss, der sich unmerklich durch die Beziehung fraß. Annelie war nicht mehr die Frau, die er einst geheiratet hatte.

Im nächsten Sommer fuhr sie zurück ins Heimatdorf zur Alberthöhe. Sie blieb dort mehrere Wochen mit den Kindern bei den Großeltern.

Nach der Scheidung verlangte sie erst zehn Jahre später, als die Kinder längst ihre eigenen Wege gingen. Annelie kehrte in ihre Heimat zurück, in das kleine Dorf bei der Alberthöhe.

Bei ihrem Besuch in Hohndorf hatte sie folgenden Brief erhalten. Ein Freund von Heinrich hatte den Brief den Großeltern übergeben:

*Liebe Annelie,*

*dies ist mein letzter Brief an dich. Hier in der Kriegsgefangenschaft werde ich jeden Tag schwächer. Wie zahlreiche meiner Kameraden bin ich an Typhus erkrankt. In den Schützengräben verlor ich meine Abwehrkräfte. Ich denke oft an unseren Sommer. Nicht mal ein Jahr ist es her, doch mir erscheint es als Ewigkeit. Unsere Unbeschwertheit, unsere Träume, unsere Hoffnungen, unsere Liebe, alles verbrannt im Schlachtfeld machthungriger Staaten. Zu spät erkannte ich, dass wir nur Marionetten waren, Marionetten in einem Krieg, der nur Verlierer hervorbringen wird. Wir gaben unser Leben für Eitelkeit, Besitzstreben, Ignoranz, Größenwahn und Zerstörungswut. Annelie, du bist meine letzte Erinnerung an die Liebe, die Liebe die hier so fern ist und doch aus der schwarzen Asche wieder neu erblühen wird.*

*Dein Heinrich*

Heinrich verstarb nur einen Tag, nachdem er diesen Brief schrieb.

Franz erhob sich nun schwer. Der Teich bei der Alberthöhe hatte aufgehört zu glitzern. Die Dämmerung setzte ein. Er konnte sich es noch immer nicht erklären, warum alles so enden musste. Er hatte die Briefe doch nur versteckt, weil er Annelie nicht verlieren wollte. Er hatte sie mindestens so geliebt wie Heinrich. Doch offensichtlich galt das nur für ihn. Annelie hatte Heinrich nie loslassen können. Er war für immer in ihrem Herzen, über den Tod hinaus. War denn sein ganzes Leben auf einer Lüge erbaut? Morgen würde er sie wieder treffen, Annelie. Die Trennung war nun zehn Jahre her. Würde es eine Versöhnung geben? Einen Neuanfang? Franz wünschte es sich, als er den kleinen Pfad zum Gasthof hinauf schritt.

# Die verschwundenen Schafe

*(Ein Märchen ohne Bösewicht)*

*Ein Windzug genügte und die Flocken stoben wie ein glitzernder, weißer Wirbel aus den Wolken. Für Fanni war es immer wieder ein riesiges Vergnügen, als Spielzeug des Windes zur Erde hinab zu tänzeln, zu fliegen und zu schweben. Wenige Meter neben Fanni segelte ihre Freundin Finni. Fanni legte sich rasch in die nächste Windböe, um direkt neben Finni zu sein. Es dauerte nur wenige Minuten, bis die beiden Schneeflocken die ersten Häuser erkannten. Die Siedlung wirkte von hier oben wie eine Spielzeuglandschaft.*

*„Da ist es wieder, das Dorf. Wir fliegen schon wieder dahin", sagte Fanni.*

*„Och, nein, seit drei Monaten landen wir immer wieder im gleichen Ort. Wie langweilig. Hoffentlich falle ich nicht wieder auf den zugefrorenen Bach. Das letzte Mal bin ich da erst nach drei Wochen wieder aufgetaut und zu Dampf*

geworden, um dann wieder in einer Schneewolke zu sein."

„Ich hatte mehr Glück als du, Finni. Ich bin nämlich auf dem Dach der Bauernschänke gelandet. Gleich am nächsten Tag taute ich fort und habe dich bei den letzten fünf Flügen zur Erde vermisst."

„Wer am Bach festklebt, kann nicht fliegen, aber, Fanni, warum fliegen wir eigentlich immer wieder auf das gleiche Dorf?"

„Das ist eine geheimnisvolle Geschichte", sagte Fanni: „Ich habe sie auf dem Dach der Bauernschänke von den Leuten belauscht. Wenn ich dir die Geschichte erzählen soll, darf uns keine andere Schneeflocke belauschen."

„Ich hab`s", freute sich Finni: „Wir müssen miteinander verschmelzen, dann hört keiner unser Gespräch."

Als hätte er das Gespräch der Schneeflocken gehört, blies der Wind seine Wangen auf. Fanni und Finni legten sich direkt hinein, um aufeinander zu zufliegen. Daraufhin verhakten sie *ihre zarten Arme ineinander. Fanni und Finni wurden zu einer Flocke.*

*Fanni begann zu erzählen:*

„Unten im Dorf wohnt ein Schäfer mit seinem zehnjährigen Sohn Fridolin. Vor einigen Monaten rannte dieser aufgeregt zu seinem Vater:

„Es fehlen wieder fünf Schafe, Vater! Als ich die Schafe heute früh nachzählte waren es nur noch 82."

Der Vater war entsetzt: „Schon wieder. Das gibt's doch nicht! Wenn jede Nacht fünf Schafe verschwinden, dann haben wird bald gar nichts mehr. Die Tiere sind unser ganzer Besitz."

„Warum verschwinden die Schafe, Vater? Laufen sie einfach davon?"

„Das glaub ich nicht. Warum sollten sie das tun? Außerdem hat der Stall einen Riegel. Schafe können keinen Riegel öffnen." Der Vater schüttelte energisch mit dem Kopf.

„Vielleicht hat sie jemand mitgenommen", überlegte Fridolin.

„Das kann sein. Ich habe mich gestern im Dorf umgehört. Vielleicht, so dachte ich, sind auch woanders Tiere verschwunden. Aber niemand vermisst Tiere."

„Ein Wolf!", rief Fridolin nun laut. „Ein Wolf hat die Schafe gerissen!"

Nun lachte der Vater: „Na der muss aber einen mächtigen Hunger haben, wenn er jede Nacht fünf Schafe mit Fell und Knochen verspeist."

„Schafft er das nicht?", fragte Fridolin ahnungslos.

„Nein, selbst wenn ein ganzes Rudel Wölfe die Schafe gerissen hätte, dann hätten wir irgendwo Blutspuren oder Fellreste gefunden."

„Das ist aber komisch", seufzte der Junge.

„Es gibt nur eine Lösung", sagte der Vater nun bestimmend, „du musst dich heute Nacht im Schafstall verstecken. Am besten zwischen den Holzbalken an der Decke. Mit etwas Glück finden wir so heraus, was mit den Schafen passiert. Leider kann ich es nicht selbst tun, weil ich auf deine kleinen Geschwister aufpassen muss."

„Au ja", rief Fridolin begeistert: „Ich werde die ganze Nacht wach bleiben und den Dieb auf frischer Tat ertappen!"

„Bringe dich nicht in Gefahr. Beobachte einfach nur das Geschehen und gib mir dann Bescheid. Sollte tatsächlich ein Dieb die Schafe stehlen, dann lass ihn erst ein Stückchen ziehen, ehe du hinabkletterst. Ich folge ihm dann mit der Waffe."

Und so geschah es. Als die Dunkelheit hereinbrach, kroch Fridolin zwischen das Deckengebälk und richtete sich einen bequemen Nachtplatz ein. Von hier oben hatte er alle Schafe im Blick. Stunde um Stunde verging. Nichts geschah. Ab und zu raschelte das Stroh. Wenn ein Schaf blökte, blickte Fridolin alarmiert nach unten. Doch seine Lider wurden immer schwerer. Schließlich schlief er ein. Als er erwachte, klopfte sein Herz bis zum Hals. Das hätte nicht passieren dürfen!

Schnell kletterte er den Balken hinunter und zählte die Schafe. 77! Es waren nur noch 77 Schafe!

Es dauerte nicht lange und der Vater erschien in der Tür. Als er den Jungen sah, wusste er was geschehen war:

„Du bist eingeschlafen!"

Fridolin nickte kreidebleich.

„Ach nein!" Der Vater schlug die Hände über dem Kopf zusammen: „Wenn jede Nacht fünf Schafe verschwinden, sind wir bald am Ende und müssen ins Armenhaus."

Irgendjemand wollte seine Familie ruinieren, überlegte der Vater. Trieben etwa die Nachbarn ein böses Spiel mit ihm? Oder wurden die Schafe doch von Raubtieren gerissen? Rannten sie von allein fort? Aber warum?

Die folgenden Nächte verbrachte Fridolin wieder auf dem Balken. Da er tagsüber schlief, behielt er die Schafe die ganze Nacht über im Auge und nickte nicht mehr ein. Jeden Morgen zählte er die Schafe. Es blieben 77.

Schließlich gaben sie die Überwachung auf. Fridolin schlief nachts wieder in seinem Bett. Am Tag half er bei der Stallarbeit. Zuweilen begleitete er den Vater zum Schafe hüten. Die Tage vergingen wie gewohnt. Nur die Schafe, die blieben verschwunden.

Bis es eines Tages geschah: Fridolin war wieder einmal mit seinem Vater und den Schafen unterwegs, um ein Plätzchen zum Weiden zu finden, als der Hund davonlief. Ohne ersichtlichen Grund entfernte sich der Hund laut bellend von der Herde, die er eigentlich bewachen sollte. Der Junge rannte dem Hund hinterher, bis er ganz außer Atem war. Plötzlich sah er 15 Schafe auf einer saftigen Weide stehen. Davor erstreckte sich ein silbrig glitzernder Teich. Hinter dem Teich begann der tiefe Wald. Plötzlich huschte eine winzige Gestalt aus dem Wald. Dabei gestikulierte sie wild mit den Armen.

„Halt", rief die Gestalt zu Fridolin, „Halt".

Der Hund konnte sich gar nicht wieder beruhigen, als er das kleine Männlein sah. Er knurrte und bellte sich die Kehle heiser. Fridolin erkannte die 15 Tiere sofort als die fehlenden Schafe der Herde.

„Warum hast du die Schafe gestohlen, kleines Männlein?", fragte Fridolin und rief dabei den Hund zurück. Das Männlein lachte bitter.

„Gib sie zurück!" rief Fridolin nun.

„Sie gehören dir nicht!", schrie das Männchen: „Die 15 Schafe sind von jeher mein. Ich habe sie mir zurückgeholt".

Zurückgeholt? Was meinte das Männlein? Die Schafe gehörten zur Herde des Vaters!

Das Männlein sprach weiter: „Und weißt du auch wie ich sie zurückgeholt habe?"

Ohne auf eine Antwort zu warten, holte das Männlein einen großen, glänzenden Gegenstand hinter dem Rücken hervor, der die Form eines Fünfecks hatte. Das Fünfeck schimmerte in allen Farben des Regenbogens. Fridolin musste das Gesicht abwenden, weil ihn der Würfel in den Augen blendete. Auch der Hund begann wieder zu bellen.

„Still", Fridolin wies den Hund zurecht.

Was war das? Ein Magnet? Ein Zauberstein? Würde der geheimnisvolle Gegenstand nun alles in seinen Bann ziehen? Waren sie in Gefahr?

Da rief das Männlein schon: „Mit diesem magischen Magneten habe ich die Schafe angelockt - MEINE Schafe."

„Aber warum sind das deine Schafe? Mein Vater hat sie gekauft."

„Kommt mit. Ich will dir was zeigen."

Der Junge zögerte.

„Komm schon."

Fridolin folgte dem Männchen. Der Hund trottete hinterher. Dabei ließ er den seltsamen Menschen nicht aus den Augen. Dieser ging in den Wald hinein. Hier roch es nach feuchtem Moos, Harz und Tannennadeln. Vor einer riesigen Wurzel blieb der Zwergenmensch stehen:

„Hier herein."

Fridolin, der Hund und das Männchen krochen durch einen kleinen Spalt in die Wurzel hinein. Das Männlein holte den Würfel aus der Tasche, der sogleich für ein magisches Licht sorgte. Im Inneren der Wurzel eröffnete sich ein riesiger Raum. An den Wänden bildeten Wurzelarme ein hölzernes Relief, das im Licht des Würfels mattgrün schimmerte. Ein großer Baumstumpf diente dem Männchen als Tisch. Auf dem Tisch standen Kerzen, von denen das Wachs in dicken Bärten herabhing.
Weidenstühle bildeten eine nette Sitzgelegenheit. Der Hund schnupperte argwöhnisch an Stühlen und Tisch. Wieder knurrt er. Das Männlein führte Fridolin in den Nachbarraum. Staunend betrachtete der Junge die Regale. Sie waren gefüllt mit zahlreichen Schuhen, gefilzt aus Schafwolle. Dazu kamen Mützen und Schals. Sogar Jacken und Hosen stellte das Männlein her.

„Siehst du, Fridolin? Dafür brauche ich meine Schafe. Ich verkaufe Bekleidung auf dem Markt. Davon lebe ich."

„Vater lebt auch von den Schafen. Er verkauft Wolle und Milch auf dem Markt und den Leuten im Dorf", meinte Fridolin nachdenklich.

„Die letzten 15 Schafe, die dein Vater gekauft hat, wurden gestohlen - von mir gestohlen."

„Gestohlen? Vater kaufte sie auf dem Tiermarkt."

„Vorher wurden sie mir gestohlen. Eines Tages, als ich vom Markt kam, waren alle Schafe weg. Jemand hat sie weggetrieben. Am übernächsten Tag wurden sie auf dem Tiermarkt angeboten. Doch was hätte ich schon tun können? Sie zurückfordern? Wer glaubt einem kleinen Mann wie mir? Sie hätten mich ausgelacht und davongejagt. Für die Menschen des Dorfes bin ich irgendein merkwürdiger Zwergenmensch, einer den sie belächeln können."

„Das tut mir leid", bedauerte der Junge den Zwerg.

„Auf dem Tiermarkt sah ich, wie dein Vater meine Schafe kaufte. Ich ging zu

ihm hin und sagte, dass das meine
Schafe sind, sie mir gestohlen wurden.
Doch er hörte gar nicht zu, sondern
jagte mich fort. An dem Tag irrte ich
verzweifelt und ziellos im Wald herum.
Ich haderte mit meinem Schicksal.
Warum traf es mich, den kleinen Mann,
der von Natur aus mit wenig Kraft
gesegnet war? Schließlich setzte ich
mich auf einen Baumstumpf und weinte
bitterlich. Auf einmal bemerkte ich einen
würzigen Duft, der mir mit aller Macht in
die Nase fuhr. Augenblicklich wurde
mein Kummer leichter. Als ich den Kopf
anhob, stand sie vor mir: eine
Kräuterfee. Sie trug ein Kleid aus
weißen Leinen. Ein Kranz aus Kräutern
zierte ihren Kopf. Ihre Augen
schimmerten so grün wie die Kräuter auf
ihrem Haar. Warum weinst du, kleiner
Zwerg, fragte sie. Ich erzählte ihr von
den gestohlenen Schafen. Die
Kräuterfrau nickte und zog einen
fünfeckigen Stein aus der Tasche, ein
Pentagon. Jede Ecke des Steines
funkelte in einer anderen Farbe des
Regenbogens. Ich konnte meinen Blick

nicht abwenden. Die Fee erzählte, dass der Stein Zauberkräfte hat. Dieser Magnet konnte so beeinflusst werden, dass er gesuchte Dinge, egal ob Mensch oder Tier, aufspürte. Der Magnet hatte Zauberkräfte. Die Fee versprach mir, die Schafe Schritt für Schritt zurückzuholen. Als ich auf den Magneten blickte, erschienen die verschwundenen Schafe als Bild darauf. Sie befanden sich zusammen mit 77 weiteren Schafen in der Scheune deines Vaters. Die Fee rieb den Magneten nun in ihren Händen. Sofort löste sich das Schloss der Scheune und fünf Schafe trabten wie auf Kommando durch die Tür. Keine halbe Stunde später kamen sie bei mir an. Das Gleiche wiederholte sich in den folgenden Nächten. Drei Tage später hatte ich meine Schafe wieder. Als die Fee ging, vergaß sie den Zaubermagneten. Ich rannte ihr hinterher, doch es schien, als wäre sie zeitgleich mit dem Verlassen meiner Höhle spurlos verschwunden."

„Unglaublich", staunte Fridolin, „dass es sowas gibt. Darf ich den Magneten mal in den Händen halten?"

„Ich weiß nicht", zögerte der Wicht: „Der Fee würde es sicher nicht gefallen, wenn ich den Magneten einfach in fremde Hände gebe."

„Bitte!", flehte der Junge.

„Hier!" Der Zwergenmensch reichte dem Jungen den Magneten.

Fasziniert drehte Fridolin den funkelnden Gegenstand in den Händen. „Ob der Zaubermagnet auch das Wetter beeinflussen kann?" Und schon stellte sich Fridolin Schnee vor, der in dichten Flocken zur Erde fiel. Dabei rieb er den Magnet in den Händen, genau wie die Kräuterfee es tat.

Es dauerte nicht lange bis es schneite.

Fridolin staunte. Es funktionierte tatsächlich!

Plötzlich fiel ihm der Magnet aus der Hand. Er zerbrach in zwei Stücke.

Der Zwerg war außer sich: „Wie konnte das passieren? Nun wird es nie mehr aufhören zu schneien!"

„Deshalb schneien wir seit drei Monaten auf das Dorf", sagte Finni. Plötzlich fragte sie: „Aber lässt sich der Fluch nicht lösen? Vielleicht kann der kaputte Zaubermagnet wieder repariert werden?"

„Ich habs!" rief Finni: „Feuer, der Zwerg muss sich ein schönes Feuer vorstellen und den Magneten dabei zusammendrücken."

„Aber wie sollen wir das anstellen?", fragte Fanni ratlos.

„Indem wir es so richtig kalt in seiner Wurzel machen. Wie sollten uns in den nächsten Eiswind legen und auf die Wurzel zufliegen."

Gesagt, getan. Mit vollen Wangen blies der Wind die Wolken zusammen. Die beiden Schneeflocken wehten vorbei am Hof von Fridolin und seinem Vater. Auch deren Heu ging langsam zur Neige. Wenn nicht bald etwas geschah, würden die Schafe den Hungerstod sterben. Nach einigen Minuten fielen Finni und Fanni sanft auf die Wurzel. Es dauerte auch gar nicht lange, bis sie den Zwerg sprechen hörten:

„Schnee, Schnee, Schnee, überall Schnee und kein Ende in Sicht. Seit drei Monaten! Ich bin ein solcher Tor. Niemals hätte ich dem Jungen den Magneten geben sollen."

Die beiden Teile des Zaubermagneten lagen funkelnd auf dem Baumstumpf-Tisch. Immer wieder drückte der Zwerg die Teile zusammen und wünschte sich, dass der Winter vorüber ginge. Doch immer wenn er die Augen öffnete, schneite es. Ihm wurde kälter und kälter. Schließlich schlief er vor Erschöpfung ein. Albträume suchten ihn auf. Er sah seine Höhle in Eis erstarren. Überall glitzerte Schnee. Eiszapfen hingen von der Decke wie Tropfstein. Die mühsam gefilzten Schuhe, Mützen, Schals, Jacken und Hosen waren von einer dicken Eisschicht überzogen. Er selbst zitterte vor Kälte. Schnee fiel auf seinen Kopf, in seine Nase und seine Augen. Nur von den zwei Teilen des Magneten *schien eine merkwürdige Wärme auszugehen. Doch nicht nur das. Das Funkeln ging nach und nach in ein Brennen über. Plötzlich züngelten Flammen aus den Magneten. Der Zwerg erwachte. Sein Herz raste: „Feuer" war die Lösung! Das Feuer würde den Schnee vertreiben.*

*Als er auf den Tisch blickte, war der Magnet verschwunden. An seiner Stelle stand ein bunter Strauß Wiesenblumen und Kräuter. Es waren dieselben Kräuter, welche die Fee als Haarschmuck getragen hatte. Durch den Eingang seiner Höhle drangen Sonnenstrahlen. Der Zwerg rannte hinaus. Es hatte aufgehört zu schneien. Kleine Rinnsale schlängelten sich durch den Wald, schnurstracks auf dem Weg zum Bach. Auch die zwei Schneeflocken Finni und Fanni waren zu Wasser geworden. Mit dem Bach flossen sie am Hof von Fridolin vorbei. Fridolin und sein Vater hatten alle Hände voll zu tun. Gleich zwei Schafe hatten in der Nacht Junge bekommen.*

*Insgesamt fünf Lämmer erblickten in dieser Nacht das Licht der Welt.*

# Der Löwenhundtalisman

*Mittweida/Schloss Neusorge September 1923*

Wieder zog Erwin den zerknitterten Brief aus der Innentasche seiner Jacke und las die Wörter, die er fast auswendig konnte:

*Berlin 1921*

*Lieber Erwin,*

*nun bin ich schon seit vier Wochen in Berlin. Seit ich aus russischer Kriegsgefangenschaft zurückgekehrt bin, geht es jeden Tag ein Stückchen bergauf. Die Arbeit in der Werft war hart. Fast hätte ich darüber meinen alten Beruf vergessen. Doch wie es der Zufall wollte, traf ich gestern einen alten Schulfreund Unter den Linden. Dieser sagte mir, dass im Hotel Adlon ein Koch gesucht wird. Ich zögerte keine Sekunde und stellte mich dort vor. Nach einer kleinen Arbeitsprobe - du erinnerst dich vielleicht noch an den leckeren Schokoladenkuchen - darf ich morgen beginnen. Im noblen Adlon werde ich gutes Geld verdienen, sodass du zu mir ziehen und in Berlin zur Schule gehen könntest. Hier gibt es viele Lichtspielhäuser, die oft Kinderfilme zeigen. Am Abend blinken Leuchtreklamen in allen Farben von den Dächern und Fassaden. Ich vermisse dich, Erwin! Ich hoffe du bist noch immer bei deiner Großmutter Emma in Brandenburg. Mein letzter Besuch ist nun schon fünf Jahre her. Damals dachte ich, dass der Krieg nur noch wenige Monate dauert. Doch es kam anders. Bitte melde dich.*

*Dein Vater*

Erwin faltete den Brief zusammen. Die Großmutter lebte seit zwei Jahren nicht mehr. Kurz bevor sie starb, hatte sie dem damals sechsjährigen Erwin diesen Brief gegeben. Damals konnte er noch nicht lesen. Eine Frau von der Fürsorge brachte ihn ins sächsische Schloss Neusorge bei Mittweida. Dort hatte die ehemalige Kriegskrankenschwester Elsa Brändström ein neues, modernes Waisenhaus eröffnet.

Seit zwei Jahren lebte Erwin bereits im Schloss Neusorge. Es war nicht so, dass es ihm im Schloss nicht gefiel. Ringsum waren Wälder, in denen die Kinder toben konnten. In Neusorge musste Erwin nie mehr so hungern wie während des Krieges. Zudem hatte er viele Freunde. Doch er vermisste seinen Vater. Außerdem wollte er so leben, wie die anderen Kinder, die er aus der Schule kannte. Sie hatten Eltern und viele Spielsachen, wie Bauernhöfe, Brettspiele, Springseile, Bälle und kleine Autos mit Puppen darin. Nie mussten sie sich um einen Fußball streiten oder einen Tretroller teilen. Als Koch im Adlon konnte ihm der Vater sicher all die schönen Spielsachen kaufen. Und am Wochenende würden sie ein Lichtspielhaus besuchen. Erwin musste es wagen. Er musste das Heim verlassen, am besten am frühen Morgen, wenn alle noch schliefen.

Am nächsten Morgen lauschte Erwin dem gleichmäßigen Atem der anderen Kinder im Schlafsaal. Leise schlich er sich aus dem Bett, schlüpfte in seine

Hose und zog den Pulli über. Die Jacke angelte er vom Haken. Als er ging hatte er weder etwas zu essen, noch einen Pfennig in der Tasche. Doch es gab einen Gegenstand, den er stets mit sich trug: einen winzigen Talisman aus Blei. Die Figur erinnerte ihn an eine Mischung aus Löwe und Hund, ein Löwenhund, ein Wesen aus dem Märchen. Erwin glaubte fest daran, dass ihm der Löwenhund Glück brachte. Sein Vater hatte ihm die Figur geschenkt, als er ihn während des Fronturlaubs besucht hatte. Erwin fühlte nach dem Löwenhund in der Hosentasche, ehe er zur Tat schritt. Um die Ausgangstür des Heimes aufzubekommen, musste er sich mit seinem ganzen Gewicht an die riesige Klinke hängen. Draußen empfing ihn die kühle Nachtluft. Die ersten Meter rannte er. Als er bemerkte, dass ihm niemand folgte, spazierte er im schnellen Schritt zum Bahnhof, den er zwei Stunden später erreichte. Er erkannte das imposante Backsteingebäude des Bahnhofs von weitem. Der Morgen dämmerte bereits dunkel-violett. Auf dem Bahnhof wurde ihm klar, dass er gar nicht wusste welcher Zug von Mittweida nach Berlin fuhr. Vielleicht fuhr auch gar kein Zug nach Berlin. Egal, Erwin würde den Weg finden. Als er eine halbe Stunde auf dem Bahnsteig stand, gesellte sich eine ältere Dame zu ihm, die einen schweren Koffer schleppte.

„Wohin fährt der Zug?", fragte Erwin die Dame.

„Nach Chemnitz."

„Oh, aber wie komme ich nach Berlin… mein Vater wartet dort auf mich", fügte Erwin rasch hinzu, damit die Dame nicht stutzig wurde, was so ein kleiner Junge in aller Herrgottsfrühe auf dem Bahnhof wollte.

„Von Mittweida geht kein Zug nach Berlin. Du musst in Chemnitz in die Bahn nach Leipzig einsteigen und in Leipzig in den Zug nach Berlin."

Erwin wurde es angst und bange. Wie sollte er in drei Zügen dem Schaffner entkommen?

Plötzlich ertönte eine Durchsage: „Vorsicht an der Bahnsteigkante. In wenigen Minuten erreicht der Zug nach Chemnitz den Bahnhof Mittweida."

Da kam er auch schon. Die Dampflok schnaufte wie ein altes Ross. Immerhin zog es einige Waggons hinter sich her. Der Bahnsteig hüllte sich innerhalb von Sekunden in Nebel.

Erwin half der alten Dame beim Hereintragen des schweren Koffers. Aus Angst vor einer Fahrkartenkontrolle blieb er direkt neben der Tür stehen. Dann könnte er den Zug notfalls schnell an einer Haltestelle verlassen. Doch Erwin hatte Glück. Bis Chemnitz kam keine Kontrolle. Beim Aussteigen stand die ältere Dame wieder neben ihm. Gemeinsam trugen sie den Koffer nach draußen.

„Der Zug nach Leipzig fährt vom Gleis 5", sagte die ältere Dame zum Abschied.

Erwin musste diesmal nicht lange warten. Der Zug kam innerhalb von fünf Minuten. Diese Fahrt war nicht so

einfach, wie die vorangegangene.
Immer wieder musste er dem Schaffner
entwischen, der die Fahrkarten
kontrollierte. So wechselte Erwin von
Waggon zu Waggon. Zwischendurch
verdrückte er sich auf die Toilette.
Endlich ertönte die ersehnte Durchsage
mit dem nächsten Halt in Leipzig. Erwin
sah sich verzweigende Gleise, alte
Backsteinbauten und leer stehende
Waggons. Kurz darauf wurde der Zug
von der Bahnhofshalle verschlungen.

Erleichtert sprang Erwin aus dem Zug.
Überrascht bemerkte Erwin, wie riesig
der Leipziger Hauptbahnhof war. Wie
sollte er sich hier zurechtfinden? Und
vor allem: Von welchem Gleis fuhr der
Zug nach Berlin? Hier gab es keine
nette alte Dame, die ihm weiterhalf.
Panik stieg in ihm auf. So langsam
machte sich auch  Hunger bemerkbar.
Für einen trockenen Kanten Brot und
einen Schluck Wasser hätte er alles
gegeben. Auf der Bahnhofstoilette stillte
er seinen Durst. Dann ging er ziellos
über den Bahnsteig. Da sah er einen
elegant gekleideten Mann die Fahrpläne

studieren. Das war seine Chance. Erwin stellte sich neben den Mann und stieß ihn vorsichtig an.

„Können Sie mir sagen, von welchem Gleis der Zug nach Berlin fährt?"

Erstaunt musterte der Mann den kleinen Erwin.

„Nach Berlin soll`s gehen? Die Stadt ist ziemlich groß für so kleine Jungen wie dich."

„In Berlin wohnt mein Vater. Er arbeitet im Hotel Adlon als Koch", sagte Erwin stolz.

„Ich verstehe, mein Kleiner. Weiß dein Vater, dass du kommst?"

„Natürlich!", log Erwin.

„Okay, ich bring dich zu Gleis 10. Der Zug kommt in 15 Minuten."

„Hast du eine Fahrkarte?"

„Ja", schwindelte Erwin wieder. Er durfte einfach kein Risiko eingehen.

Der Herr wartete mit Erwin bis der Zug nach Berlin mit lautem Tosen, Dampfen und Quietschen in den Bahnhof einfuhr.

Dann steckte er Erwin noch ein Stückchen Kuchen und einen Apfel zu.

„Danke", strahlte Erwin und stopfte die Schätze in seine Jackentasche.

Diesmal wollte sich Erwin keinem Versteckspiel mit dem Schaffner ausliefern. Er hatte nämlich eine Idee. Schnell schlüpfte er in ein leeres Abteil und kroch unter die Sitzbank. Ruhig liegend würde ihn hier keiner bemerken. Erwin erschrak riesig, als die Abteiltür kurz danach aufgerissen wurde.

„Hier ist alles leer", rief eine laute, donnernde männliche Stimme.

Kurz darauf zählte Erwin sechs Paar Füße mit schweren, schwarzen, klobigen Schuhen daran. Die Männer unterhielten sich laut über die beendeten Großbaustellen in Leipzig. Offensichtlich handelte es sich bei den Männern um Bauarbeiter aus Berlin.

Sein Magen begann während der Fahrt immer wieder zu knurren. Erwin hoffte, dass die Bauarbeiter das Knurren nicht hören konnten. Sehnsüchtig dachte er an das Stückchen Kuchen. Wieder knurrte sein Magen. Er musste den Kuchen essen. Leise zog er ihn aus der Jackentasche und wickelte ihn aus dem Papier. Gierig verschlang er das Stück, als es geschah. Ein Krümel verfing sich im Hals. Erwin musste husten. Er bekam einen richtigen Hustenanfall. Noch nie zuvor hatte er sich so sehr eine Tarnkappe gewünscht. Eine Tarnkappe aus dem Märchen.

„Habt ihr das gehört?" rief die donnernde Stimme. Bald darauf erblickte Erwin struppige Haare, Augen, Nase und einen Mund. Eine schwielige Hand packte ihn an der Jacke und zog ihn unter dem Sitz hervor. Die anderen Arbeiter lachten.

„Wen haben wir denn da? Einen Ausreißer? Einen blinden Passagier?"

Erwin hielt sich mühsam die Tränen zurück. Jetzt nur nicht flennen, vor den starken Bauarbeitern. Sie würden ihn am nächsten Bahnhof der Fürsorge übergeben. Seine Kleidung war voller Staub.

„Ich möchte nach Berlin."

„Nach Berlin? Ohne Fahrkarte? Ohne Tasche? Mit der schmutzigen Kleidung?", fragte der Bauarbeiter mit der donnernden Stimme.

Erwin wusste, dass er den Bauarbeitern die Wahrheit sagen musste, wenn er es bis Berlin schaffen wollte. Und so erzählte er seine Geschichte. Der Bauarbeiter las den Brief.

„Wie heißt du?"

„Erwin Wagner".

„Dann heißt dein Vater sicher genau so."

„Er heißt Curt Wagner".

„Weißt du was, Erwin?", sagte der Bauarbeiter mit der tiefen Stimme. „Ich habe heute frei. Lass uns zusammen ins Hotel Adlon gehen und deinen Vater suchen."

Erwin nickte freudig.

Der Zug fuhr in den Berliner Hauptbahnhof ein. Alle stiegen aus. Die

Bauarbeiter aus dem Abteil wünschten Erwin viel Glück bei der Suche.

„Ich bin der Heinrich", sagte der Arbeiter zu Erwin, als sie die Bahnhofshalle verließen und reichte ihm die Hand.

Dann liefen sie durch das Berlin, das sich Erwin so oft in seinen Träumen vorgestellt hatte.

Erwin hatte noch nie zuvor so riesige Straßen gesehen. Die Menschen liefen hastig zu unbestimmten Zielen. Hin und wieder hielten sie Pferdedroschken an. Mit Peitschenhieben wurden die Pferde zur Eile getrieben. Erwin bestaunte die vielen Springbrunnen, die in ihren Wasserspielen niemals müde wurden. Einige Häuser hatten prunkvolle Kuppeln. Steinfiguren verzierten die Eingänge und Fassaden. Heinrich zeigte Erwin das Ufer der Spree.

„Schau mal, da kommt Musik raus?" sagte Erwin und deutete auf einen Mann mit einer Drehorgel.

„Das ist der Leierkastenmann", sagte Heinrich. Die beiden blieben stehen und lauschten für ein paar Minuten dem lustigen Lied. Nach dem letzten Ton warf ihm Heinrich einen Groschen in den Hut.

Dann gingen sie weiter. Schließlich erreichten sie den vorm Adlon ausgerollten roten Teppich. Erwin lief andächtig über den roten Fließ bis zum Hoteleingang. Gleich würde er seinem Vater gegenüber stehen. Erwins Herz schlug bis zum Hals. Noch einmal tastete er nach dem Löwenhund-Talisman. Als er seinen Vater zum letzten Mal gesehen hatte, war er gerade drei Jahre alt gewesen. Eine Mutter hatte Erwin nicht. Sie war kurz nach seiner Geburt verstorben. „Kindbettfieber" wurde die Krankheit genannt. Seither wuchs Erwin, der mitten im Krieg geboren wurde, bei der Großmutter auf.

Nun ging Heinrich mit Erwin an der Hand zur Rezeption des Adlon. Dort fragte er nach einem Küchenmitarbeiter namens Wagner. Die junge Mitarbeiterin mit der ungewöhnlichen, frechen Kurzhaarfrisur hatte erst im Adlon begonnen. Sie kannte die Leute aus der

Küche nicht. Doch sie schickte einen Botenjungen hinunter. Nach einigen Minuten kam der Junge mit dem Küchenchef zurück. Diesem stand der Schweiß auf der Stirn. Sein Gesicht war hochrot. Um die Mittagszeit gab es im Adlon viel zu tun. Als der Küchenchef den Namen Curt Wagner hörte, erhellte sich sein Gesicht.

„Wissen Sie wo der Curt ist?", fragte er Heinrich.

Dieser schaute etwas irritiert: „Nun, ich dachte Sie könnten uns sagen, wo Herr Wagner ist. Wir hörten er arbeitet hier in der Küche. Der Kleine kann es kaum erwarten, seinen Vater zu sehen. Er hat sich von Mittweida allein mit dem Zug auf den Weg gemacht. Ich habe ihn im Zug aufgegriffen. Nicht auszudenken, was hätte passieren können, wenn der Kleine allein durch Berlin geirrt wäre."

Der Küchenchef schaute zu Erwin und dann zu Heinrich. Dann schlug er die Hände über dem Kopf zusammen.

„Das tut mir aber leid. Curt ist nicht mehr hier. Seit einem halben Jahr haben wir kein Lebenszeichen von ihm erhalten. Ursprünglich wollte er sich nur zwei Wochen Urlaub nehmen, um seinen Sohn zu suchen. Er wollte in das kleine Dorf im Brandenburger Land, wie hieß es doch gleich…"

„Nach Görzke", sagte Erwin leise.

„Ja, er wollte nach Görzke und nicht ohne seinen Sohn, ohne dich, zurückkommen", sagte der Küchenchef. „Er kam überhaupt nicht mehr zurück. Vielleicht ist ihm etwas zugestoßen."

Erwin stand die Enttäuschung ins Gesicht geschrieben. Was sollte nun aus ihm werden? Sie würden ihn der Fürsorge übergeben. Dann musste er für immer im Heim bleiben.

Sicher war seinem Vater etwas zugestoßen. In Mittweida war er nie angekommen. Wie oft hatte Erwin gehofft, dass er ihn endlich holen würde. Doch der Vater kam nie. Und nun musste er erfahren, dass er ihn tatsächlich gesucht hatte, in Görzke. Woher sollte der Vater aber auch wissen, dass die Großmutter gestorben war und dass Erwin seine Briefe nie erhalten hatte?

„Bitte schaff mich nicht zurück ins Heim", flehte Erwin Heinrich an.

Heinrich dachte nach. Was sollte er mit dem kleinen Jungen machen? Er hatte selbst drei Steppkes in dem Alter.

„Weißt du was? Komm einfach mit zu mir. Ich habe drei Jungen in deinem Alter. Da kannst du eine Weile bleiben - solange bis wir wissen, was aus deinem Vater geworden ist", sagte Heinrich. Im Inneren bezweifelte er aber, dass sie jemals herausfinden würden, was aus dem Vater geworden ist.

„Danke!", freute sich Erwin.

Dann gingen sie zurück durch die riesigen Straßen voll mit Pferdekutschen, Autos und Menschen. Sie gingen vorbei an den Springbrunnen und verzierten Häuserfassaden mit den Kuppeldächern. Sogar der Leierkastenmann stand noch am selben Fleck.

Nach einer weiteren halben Stunde Fußweg wurden die Straßen immer enger und schmuddeliger. In den Hauseingängen saßen Kinder mit abgetragener Kleidung. Sie spielten mit Murmeln und kleinen, aus Holz geschnitzten Figuren. Erwin und Heinrich waren in Berlin-Wedding, dem Arbeiterviertel, angekommen.

„Wir sind da", sagte Heinrich und ging mit Erwin in eines der schmucklosen Häuser. Heinrich lebte mit seiner Familie in zwei engen Zimmern einer Berliner Mietswohnung. Im Treppenhaus roch es nach Essensresten und Klärgrube. Kindergeschrei drang aus den Türen. Die Stufen knarrten unter den Füßen, als sie die Treppen hinaufliefen. Sie betraten die kleine Wohnung. Es gab nur eine Küche und ein Schlafzimmer. Im Schlafzimmer schliefen fünf Personen, denn Heinrich hatte drei Kinder. Die drei Jungen waren wie die Orgelpfeifen sieben, acht und neun Jahre alt. Sie hießen Hans, Herbert und Hermann. Die Kinder waren nicht sehr begeistert, als ihr Vater das Waisenkind mitbrachte. Nun hatten sie noch einen mehr, mit dem sie den wenigen Platz teilen mussten:

„Was wollen wir mit dem?", fragten sie. Dann rannten sie raus zum Ball spielen.

Einzig die Mutter, Elsa, war freundlich zu Erwin. Sie gab ihm eine Brotsuppe, die sie in einem großen Topf in der Küche kochte.

Erwin hatte außer dem verhängnisvollen Stück Kuchen eine Ewigkeit nichts mehr gegessen. Er löffelte den Teller hungrig aus.

*April 1923*

Curt Wagner war ein groß gewachsener Mann von Ende Zwanzig. Trotz der Jahre in Berlin war sein Gesicht noch immer hager. Tiefe Ringe hatten sich unter seine Augen gegraben. Sie erzählten von den Schrecken des Krieges.

Viel hatte sich nicht verändert in all den Jahren, seit er Erwin im brandenburgischen Görzke zurückgelassen hatte.

Die kleinen Häuser standen an den Straßenseiten, als wollten sie ihm Geleit erweisen. Dazwischen erstreckte sich die rötlich gepflasterte Straße. Den Weg zum Haus kannte er auswendig. Eine Unruhe machte sich in ihm breit. Würde Erwin seinen Vater noch erkennen? Was, wenn er nicht mit ihm nach Berlin gehen wollte? Gleich würde er es wissen. Curt bog nach rechts in den kleinen Weg hinein, der zum Haus der Großmutter führte. Das Gras wucherte in den Gräben. Offensichtlich fand sich niemand, der es kürzte. Schon stand er vor dem Haus. An den schmuddeligen, trüben Fenstern erkannte er, dass es verlassen war. Er rannte zum Fenster und presste sein Gesicht gegen die Scheibe. Auf dem Küchenboden lagen verschimmelte Kartoffeln und Brotreste. Curt rüttelte an der Eingangstür. Sie war verschlossen. Dann rannte er zu den Ställen. Die Hühner, Kühe und Schafe waren weg. Er fand nur ein paar

Strohreste in den Ställen. Hier gab es seit Jahren kein Leben mehr.

Niedergeschlagen lief er zum Nachbarhaus. Dort erfuhr er, dass die Großmutter vor Jahren gestorben war. Den Jungen hatte die Fürsorge mitgenommen. Die Nachbarn wussten nicht, wohin ihn die Fürsorge gebracht hatte. Sicher in ein Waisenhaus. Aber in welches? Es gab etliche Kriegswaisen. Sie wurden dahin gebracht, wo Platz war. Curt ging zurück zum Haus der Großmutter. Vielleicht gab es im Haus noch Dokumente, die etwas über den Aufenthalt von Erwin verrieten. Durch die Hintertür gelangte Curt in das Innere des Hauses. Er durchsuchte die Schubladen, Schränke, schaute unter Tische und Betten. Sogar unter der Tischdecke und dem Teppich suchte er nach einem Zeugnis über Erwins Aufenthalt. Das einzige, was er fand, war ein Bild von Erwin, als er ca. fünf Jahre alt war. Curt steckte es in seine Jackentasche. Was sollte er nun tun? Alle Kinderheime der Umgebung absuchen? Da fiel ihm der kleine

Eckladen ein. Tante Traudl wusste immer den neusten Tratsch zu berichten. Sicher wusste sie auch, wohin die Kriegswaisen gebracht wurden.

Curt Wagner fand den Laden schnell. Und tatsächlich stand auch Tante Traudl nach wie vor hinter der Ladentheke. Mit ihrem pausbäckigen Gesicht, den roten, wippenden Locken und den neugierigen Augen tratschte sie gerade mit einer Kundin. Als Curt den Laden betrat, unterbrach sie das Gespräch. Dann musterte sie Curt neugierig. In ihren Augen leuchtete der Blitz des Erkennens auf.

„Curt?! Dass du noch lebst?" Traudl schlug die Hände über dem Kopf zusammen, um gleich darauf zu Curt zu eilen und ihn zu umarmen.

Dann wurde ihr Blick ernst: „Du hast Erwin gesucht."

Curt nickte nur.

„Er ist nicht mehr hier."

„Ich war gerade beim Haus der Großmutter. Alles ist leer. Die Nachbarn haben mir erzählt, was geschehen ist. Doch sie wussten nicht, wohin man Erwin gebracht hat."

„Ich habe eine Vermutung, Curt. Soweit ich weiß waren vor drei Jahren die einzigen beiden Heime in der Provinz Brandenburg voll. Eine Frau von der Fürsorge wusste, dass im sächsischen Mittweida gerade ein neues, modernes Heim eröffnet wurde. Die Gründerin des Heimes war bekannt für ihr selbstloses Engagement: Elsa Brändström. Sie wurde auch als Engel von Sibirien bezeichnet, weil sie in russischen Gefangenenlagern deutsche Soldaten medizinisch versorgte. Die Frau von der Fürsorge hat Erwin wahrscheinlich nach Mittweida gebracht."

„Danke Traudl", sagte Curt erleichtert.

Curt hatte den richtigen Gedanken gehabt. Durch ihre Neugier und Klatschsucht wusste Traudl eben über alles Bescheid.

Die beiden umarmten sich zum Abschied.

„Besuch mich doch mit Erwin, wenn du ihn gefunden hast", rief ihm Traudl noch hinterher.

Curt machte sich auf wieder auf den Weg zum Bahnhof. Diesmal hatte er einen weiten Weg vor sich. Er musste vier Stunden zu Fuß in die Stadt Brandenburg laufen, um von da aus den Zug nach Berlin zu nehmen. In Berlin fuhr ein Zug nach Leipzig. Von Leipzig aus würde er nach Riesa reisen. Erst von Riesa aus ging ein Zug ins mittelsächsische Mittweida.

Nach vier Stunden Fußmarsch durch die endlosen Wälder und Kornfelder, die immer wieder von kleinen Siedlungen unterbrochen wurden, machte sich Müdigkeit in seinen Knochen breit. Endlich sah er von weitem die Häuser der Stadt Brandenburg. Nun war der Bahnhof nicht mehr weit. Curt bemerkte nicht das Rascheln im Gebüsch und die Männer, die ihm kurz darauf folgten.

Nach einem Schlag auf den Kopf wurde ihm blitzschnell schwarz vor Augen.

*Dezember 1923*

Erwin lebte nun schon seit zwei Monaten bei Heinrichs Familie. Aus der anfänglichen Ablehnung der Jungen ist eine tiefe Freundschaft geworden. Erwin fühlte sich wie ein Bruder der drei Söhne von Heinrich und seiner Frau. Gemeinsam besuchten sie jeden Tag die Schule. Samstags trug Erwin mit dem neunjährigen Hermann das Tagesblatt aus. Am Anfang hatte es ihn große Überwindung gekostet, die Straßen entlangzulaufen und die Zeitung anzupreisen.

Irgendwann gewöhnte er es sich an, in den freien Stunden am Nachmittag die Zeitung zu lesen. Am meisten interessierten ihn die schönen Bilder in den Werbeanzeigen. Zahlreiche Wundermittel wurden dort gepriesen: Waschmittel, Wässerchen gegen Haarausfall, Bonbons, Schokolade und Kekse.

So kann es kaum noch als Zufall bezeichnet werden, dass Erwin eines Tages seinen Löwenhund-Talisman als Bild in der Zeitung entdeckte. Schnell holte er ihn aus der Hosentasche, um sein Exemplar mit dem aus der Zeitung zu vergleichen. Er war identisch und überhaupt gab es diesen Talisman nur einmal auf der Welt. Sein Herz begann blitzschnell zu klopfen. Neben dem Talisman stand ein Interview. Erwin konnte es kaum glauben, als er die Geschichte seines Vaters las:

*„Im April habe ich mich auf die Suche nach meinem Sohn Erwin Wagner gemacht. Er lebte damals im brandenburgischen Görzke bei seiner Großmutter Emma. In Görzke angekommen fand ich das Haus einsam und verlassen vor. Traudl, die Inhaberin eines kleinen Eckladens, gab mir den entscheidenden Tipp, dass mein Sohn von der Fürsorge wahrscheinlich in ein Waisenhaus nach Mittweida gebracht wurde. Ich machte mich daraufhin auf den mühsamen Weg in die Stadt Brandenburg zum Bahnhof, um von da*

*aus über drei Zwischenstationen nach
Mittweida in Sachsen zu gelangen. Ich
sollte den Bahnhof nie erreichen. Kurz
vor dem Ziel wurde ich von Dieben
niedergeschlagen. Sie stahlen mir mein
ganzes Geld. Als ich wieder zu mir kam,
war es finstere Nacht. Ich glaubte, mein
Kopf war kurz vorm zerspringen. Mit
letzter Kraft schleppte ich mich zum
nächsten Haus und läutete an der Tür.
Dann brach ich erneut zusammen. Im
Haus lebte ein älteres, kinderloses
Ehepaar. Die Beiden pflegten mich
gesund. Leider hatte ich keinen Pfennig
in der Tasche, um mich bei ihnen zu
bedanken. Das war für die Leutchen
kein Problem. Sie baten mich, ihnen bei
der Feldarbeit zu helfen. So blieb ich
noch ein paar Wochen bei ihnen und
verdiente mir ein paar Mark dazu. Dann
zog ich weiter. In den kommenden
Monaten arbeitete ich als Bauer,
Haushaltsgehilfe, Handwerker und
Koch. Wie ein Landstreicher zog ich von
Ort zu Ort, so lange, bis ich genügend
Geld für die Weiterreise besaß. Als ich
schließlich im Mittweidaer Schloss*

*Neusorge ankam, teilte man mir mit,
dass mein Sohn seit vier Wochen
verschwunden ist. Mittlerweile war es
Ende September. Da Erwin sich keinem
Kind anvertraut hatte, wusste niemand,
wohin er gegangen war. Ich konnte es
kaum begreifen, dass ich schon wieder
zu spät gekommen war. Hatte mich das
Schicksal verflucht? Sollte ich meinen
Erwin nie wieder sehen?*

*Mit schwerem, fast gebrochenem
Herzen ging ich zurück nach Berlin.
Meine alte Stelle als Koch wollte ich
zunächst nicht wieder antreten. In
meinem Schmerz verkroch ich mich für
ein paar Wochen bei einem alten
Schulfreund. Dieser brachte mir eines
Tages eine Zeitung mit. Er hatte von
ihrem Vorhaben gelesen,
Familienmitglieder wieder
zusammenzuführen, die sich während
des Krieges aus den Augen verloren
hatten. Er riet mir, ihre Redaktion
aufzusuchen und Erwin über die Zeitung
zu suchen. Das möchte ich hiermit tun.
Erwin besitzt etwas, dass keinen Zweifel
zulässt, dass es sich um meinen Sohn*

handelt: einen Löwenhund-Talisman. Ich habe ihm den kleinen Löwen geschenkt, als ich ihn bei seiner Großmutter in Görzke besucht hatte. Er sollte ihm Glück bringen. Ich wusste nicht, ob ich jemals aus dem Krieg zurückkehren würde. Zu viele meiner Kameraden sind gefallen. Der Talisman hat eine interessante Geschichte. Meine Großmutter bekam ihn von einem Chinesen geschenkt, der auf einem deutschen Schiff arbeitete. Der Chinese hatte sich unsterblich in meine Großmutter verliebt, da sie ihn an die Mädchen seines Landes erinnerte. Er schenkte ihr den Talisman. Er sollte sie zeitlebens begleiten. Löwen sind in China ein Symbol für Glück. Sie wenden das Schlechte ab und fungieren so als Wächter. Steinerne Löwen bewachen in China die Tempel. Der Löwenhund sollte meine Großmutter bewachen, ihr Stärke, Kraft, Mut und Zuversicht geben. Nun hat Erwin den Löwenhund in seinem Besitz. Vielleicht hilft mir der Löwenhund, meinen Sohn zu finden."

Erwin legte die Zeitung aus der Hand und rannte aufgeregt zu Heinrich:

„Mein Vater, er ist in Berlin. Er sucht mich!"

Heinrich war fassungslos, als er den Artikel las. Gleich am nächsten Tag gingen sie zur Redaktion der Zeitung und fragten nach der Adresse des Vaters.

Erwin zog den Löwenhund aus der Hosentasche, als sie an der Tür des Schulfreundes seines Vaters klingelten. Curt öffnete und erkannte seinen Sohn sofort. Er konnte sein Glück kaum begreifen.

„Erwin?!" dann brach der Vater in Tränen aus. Erwin flog seinem Vater an den Hals. Die beiden umarmten sich lange.

Bald darauf konnte Erwin zu seinem Vater ziehen, der sich eine neue Arbeitsstelle als Koch fand und so für seinen Sohn sorgen konnte.

Erwin zog zu seinem Vater, der die Stelle als Koch im Adlon wieder aufnehmen konnte. Zu seinem Glück war diese noch nicht wieder neu besetzt. Mit Heinrich und seinen Söhnen blieb Erwin weiterhin in Kontakt. Sie blieben seine Spielkameraden und Brüder im Herzen.

www.ingramcontent.com/pod-product-compliance
Lightning Source LLC
Chambersburg PA
CBHW071716140626
46557CB00011B/773